초동 이문학 시인의 처녀시집

초동, 그 마음의 여정

도서출판 지식나무

초동, 그 마음의 여정을 펴내며

이 책장 속에는 마음속 깊이 간직된 이야기들이 펼쳐져 있습니다.
초동, 그 마음의 여정을 따라가다 보면, 우리의 내면세계가 드러납니다.

꿈과 희망의 풍경을 거닐며, 감정의 변화를 따라가는 여정입니다.
이 페이지 안에는 기쁨과 슬픔, 사랑과 상실의 순간들이 담겨 있습니다.

이 시집은 초동, 그 마음의 여정을 통해 우리를 안내합니다.
각각의 시는 우리의 내면을 탐험하고, 깊은 생각에 잠기게 합니다.

초동, 그 마음의 여정은 우리의 영혼을 깨우고, 삶의 미로를 헤쳐 나가는 길입니다.
이 시집은 그 여정에서 만난 감정과 경험들을 공유합니다.

시적인 표현과 아름다운 언어들이 우리의 마음을 감싸주며, 초동, 그 마음의 여정을 통해 우리는 자아를 발견하고, 삶의 의미를 찾아갑니다.

이 여정을 함께 떠나며, 우리 모두는 마음의 세계를 탐험하고,
우리의 영혼을 더욱 풍요롭게 만들어갈 것입니다.

초동, 그 마음의 여정은 끝없는 발견과 성장의 향연입니다.
이 시집과 함께 그 여정을 떠나보세요.

감사합니다.

2025. 3.   .

초동의 뜨락에서 **이문학** 드림

차 례

가난의 굴레

빛이 스며들지 않는 그림자 속
가난이 엮어낸 삶의 굴레
희망의 꽃은 시들어가고
어둠에 잠긴 눈동자

가난한 마음속엔 굶주림의 한숨이 흐르고
마른 입술로 속삭이는 절망의 노래
가난이 속삭이는 속삭임은
웃음을 앗아가는 차가운 바람

가난의 수레바퀴에 묶인 영혼
힘겨운 발걸음은 어디를 향하는가
한 줌의 빛을 찾아 헤매는 여정
가난의 굴레는 저 멀리

어둠을 밝히는 불꽃을 꿈꾸며
가난을 넘어선 빛나는 내일을
가난의 굴레를 벗어나
자유로운 날갯짓을 펼치며

가난의 속박을 벗어난 영혼이여
빛나는 별들을 향해 날아 오르네
가난의 굴레를 벗어난 곳에서
희망의 노래가 울려 퍼진다.

가슴에 내리는 비

가슴에 내리는 비는
슬픔의 눈물이 아니라
감동의 물결이다

마음을 적시는 이 비는
따뜻한 위로의 손길로
깊은 곳을 어루만진다

가끔은 폭풍처럼 몰아쳐
숨겨진 아픔을 깨우치고
치유의 여정을 시작한다

이 비는 우리의 영혼을
깨끗하게 씻어주고
새로운 시작을 알린다

가을의 비는 그리움을
겨울의 비는 위로를
각기 다른 색깔의 감정을
우리의 가슴에 새긴다

비는 가슴에 내려
마음을 새롭게 하고
희망의 꽃을 피운다.

겨울을 남기고 떠난 사람

찬 바람이 부는 겨울날
그는 따스한 온기를 남기시고
무슨 흔적도 없이 사라지셨네

눈꽃들이 춤추는 창밖을 바라보며
나는 그의 남기신 사랑과 추억에 잠기었네
겨울의 찬바람이 내 마음을 감싸며
그의 존재를 더욱 그리워하게 하였네

겨울의 고요함이 내 마음을 감싸며
나는 그의 부재를 느끼며
찬 눈물을 흘리었네

하지만 눈이 내리는 겨울 속에서도
그의 사랑과 추억은 영원히 남아
내 마음을 따스하게 데워 주시네

겨울을 남기고 떠나가신 그
그의 사랑은 영원히 내 안에 살아계시며
나는 그를 영원히 간직하겠네.

간절히 원하면 이뤄진다

간절히 원하면 이뤄진다
그 마음의 불꽃이 타오를 때
희망의 날개를 펴고
하늘 높이 날아오를 수 있어

어둠 속에서 길을 찾고
눈물로 적신 꿈의 조각들
그 모든 아픔은
내가 원한 것들의 통로가 되어
새로운 빛을 비추리라

별이 빛나는 밤하늘 아래
소망을 담아 하늘에 외치면
작은 바람이 그 소리를 듣고
내 마음의 소원을 품어
행운의 씨앗으로 자라나리

고난에 지치고
넘어져도 괜찮아
일어설 힘이 내 안에 있으니
간절한 마음이 나를 이끌어
다시 한 번 희망을 찾게 하리

사랑을 원하면 사랑이 오고
희망을 원하면 희망이 찾아와
그 모든 간절함이
내가 걸어갈 길을 밝혀주리라

그래, 간절히 원하면 이뤄진다
마음속의 불꽃이 사라지지 않도록
영원히 간직할 그 소망을
세상에 외치며 걸어가리라

이렇게, 꿈을 향해 나아가는 여정
간절히 원하는 것들은
나의 손에 닿을 수 있도록
하늘과 땅이 함께할 때까지.

겨울의 끝자락에서

겨울의 끝자락에서, 변화의 바람이 불어온다
차가운 눈의 향연이 사그라들고
침묵의 땅에 새로운 색이 스며든다

황량한 나뭇가지들은 희망을 품고
차갑게 얼어붙은 땅은 부드럽게 녹아내리며
잠시 잠들어 있던 생명들이 깨어난다

추운 계절의 침묵은 부드러운 노래로 대체되고
얼어붙은 호수 위에는
새들의 날갯짓이 울려 퍼진다
겨울의 끝자락에서, 새로운 시작이 시작된다

일몰의 하늘은 희미한 색감의 손짓으로
새로운 계절이 다가오고 있음을 알린다
우리는 작별을 고하고,
새로운 여정을 시작한다

겨울의 끝자락에서, 우리는 눈을 감고
따뜻한 봄의 부드러운 바람을 기다린다
인내와 평온의 시간을 거쳐,
우리는 다시 일어선다

겨울의 끝자락에서,
우리는 새로운 시작을 향해 나아간다
그리고 이 변화의 순간을 소중히 간직하며
다가오는 계절의 아름다움에 기뻐한다.

고장도 없이 가는 세월

세월은 고장도 없이 흘러간다
한 걸음 한 걸음 조용히 나아간다
젊은 날의 꿈과 희망도
지나가는 열차처럼 스쳐 지나간다

시간은 멈추지 않고 흘러가며
우리 모두를 과거로 데려간다
세월은 고장도 없이 흘러가며
우리를 변화시키고 성장시킨다

인생의 여정에서 우리는
웃음과 눈물을 함께 나누며
세월과 함께 성장해 간다
젊은 날의 열정과 꿈은
이제 추억이 되어 남아있다

하지만 세월은 여전히 흐르며
새로운 날들을 향해 나아간다
고장도 없이 가는 세월
그 안에서 우리는 삶의 지혜를 배우고
인생의 아름다움을 발견한다

세월은 고장도 없이 흘러가며
우리 모두를 더 나은 사람으로 만들어준다.

구름 따라 바람 따라, 자유의 노래

구름 따라 바람 따라, 여유로운 발걸음으로
하늘을 향해 높이 날아오르는 새의 날개처럼
이 자유의 노래는 무한한 하늘을 향해 울려 퍼진다

구름은 하늘을 수놓으며, 변화무쌍한 색상으로
바람은 그 흐름을 따라, 속삭이며 흘러간다
구름 따라 바람 따라, 우리는 자유를 찾는다

구름은 우리의 상상력을 자극하며
비밀스러운 이야기를 속삭이는 것처럼
구름 따라 우리는 꿈을 꾸며, 희망을 키워간다

바람은 우리의 마음을 어루만지며
자유로운 흐름으로 우리를 인도한다
바람 따라 우리는 삶의 여정을 향해 나아간다

구름 따라 바람 따라, 우리의 발걸음은 경쾌해지고
마음은 무한한 자유로 가득 차오른다
이 자유의 노래는 우리의 영혼을 깨우는 것이다

구름과 바람은 우리를 자유롭게 하며
무한한 하늘과 함께, 우리는 더 큰 세상을 향해 나아간다
이 자유의 노래는 우리의 삶에 영원한 멜로디를 선사한다

그대라는 꽃의 망울

그대는 아직 피어오르지 않은
꽃의 망울로 피어있는 그대이다

황금빛 햇살이 부드럽게
그대의 뺨을 어루만지며
숨겨진 아름다움이 깨어난다

당신의 눈빛은 물결이 되어
말 없는 이야기로 속삭인다

지금은 기다림의 시간
잠재의 힘을 키우며
꽃잎을 펼칠 준비를 한다

그 모습조차 아름다운 그대
세상을 놀라게 할 꽃이 될 것이다

그대가 피어나면
세상은 더 아름다운 색으로 물들 것이다

그대라는 꽃의 망울
기다림의 시간을 지나
찬란하게 피어날 것이다.

그대가 그립고 그리운 날

그대가 그립고 그리운 날엔
바람에 흩날리는 벚꽃 잎처럼
내 마음도 흩어져 허공을 떠돈다

푸른 하늘 아래에서 그대의 얼굴을 떠올리며
부드러운 미소와 따뜻한 눈빛을 기억한다
그대의 존재는 내 마음에 깊은 메아리를
울린다

시간이 흐를수록 그리움은 더욱
짙어지고
추억들은 내 마음을 감싸 안으며
그대의 흔적을 찾아 헤매게 만든다

빗방울이 창문을 두드리는 소리에
그대가 내 곁에 서 있는 듯한 착각에
빠진다
빗방울은 그대의 눈물인 것 같아

달빛이 비추는 밤에는
내 그리움은 별빛처럼 반짝이며
그대를 향한 마음을 더욱 간절히 품게 된다

그대가 없는 세상은 공허하고
내 마음은 그대를 찾아 헤매는 나침반이 되었다
그대를 향한 그리움은
언제나 내 곁에 머무르고 있다

그립고 그리운 날엔
그대의 존재가 내 마음을 가득 채우며
나는 그대를 향한 사랑을 노래한다

그대를 향한 그리움은 끝이 없고
그대의 흔적은 내 안에 영원히 살아있다
그대가 그립고 그리운 날, 나는 그대를
기억한다.

그대와 함께라서 좋아요

햇살 가득한 아침, 그대와 나
따스한 바람이 속삭이는 이 순간
눈을 감고 느껴 보아요
우리의 맘이 하나 되는 이 기적을

벗꽃이 흩날리는 봄날의 길
그대 손을 잡고 걸어가면
세상이 멈춘 듯, 모든 게 완벽해
그대와 함께라서 좋아요

여름밤 별빛 아래, 이야기꽃 피어
웃음소리 가득한 이 순간
서로의 꿈을 나누며
그대와 함께라서 좋아요

가을의 낙엽이 춤추고
차가운 바람이 스쳐 갈 때
그대의 따뜻한 눈빛이
내 마음을 감싸주는 걸요

겨울의 하얀 눈이 쌓여도
함께라면 두렵지 않아요

그대와 나, 서로의 온기로
세상을 이겨낼 수 있으니까요

삶의 모든 순간, 기쁨과 슬픔
그대와 함께라서 더욱 빛나죠
우리의 사랑은 시간이 지나도
영원히 함께할 것임을 믿어요

그대와 함께라서 좋아요
매일 매일이 선물처럼 다가와
우리의 이야기는 계속 이어져
사랑의 멜로디를 만들어가요.

글라디올러스의 기백

굳은 검이 솟아나듯
글라디올러스 꽃은
하늘 높이 솟구치네

황홀히 물든 꽃송이는
용기와 결단의 표상이여
자연의 힘을 보여주네

여름의 태양 아래
강인한 생명력으로 피어나
아름다운 꽃을 피워내네

삶의 풍파에 흔들림 없이
글라디올러스는 솟아오르네
용기와 희망을 품고

우리 마음속에 감동을 새기네
글라디올러스의
아름다움에 취하네

금강초롱꽃 인연

금강초롱꽃 인연
그대와 나의 만남은
운명이었나 봐

처음 만난 그 순간부터
내 마음은 당신을 향해 뛰었다

금강초롱꽃처럼 순수하고 아름다운
당신의 모습은 내 마음을 사로잡았어

함께한 시간은 언제나 행복했고
당신과 함께라면 어떤 어려움도 이겨낼 수 있었어

금강초롱꽃 인연
그대와 나는 운명적으로 만난 것 같아

영원히 당신과 함께하고 싶어
내 마음을 다해 사랑해

금강초롱꽃처럼 순수하고 아름다운
그대와 나의 사랑은
영원할 거야

그대와 함께라면 어떤 어려움도 이겨낼 수 있어
우리의 사랑은 영원히 계속될 거다

금강초롱꽃 인연
그대와 나는 운명적으로 만난 것 같다

영원히 당신과 함께하고 싶어
내 마음을 다해
사랑한다.

기억의 파편들

기억의 파편들이 흩어져
시간의 흐름에 따라
우리의 마음을 스쳐 지나간다

어린 시절의 웃음소리
달빛 아래에서의 첫사랑 고백
가족과의 따뜻한 한때들

이 파편들은 우리의 정체성을
조각조각 맞춰주며
우리의 이야기를 전한다

기쁜 순간들, 슬픈 기억들
아름다운 풍경, 아픈 추억들
이 모든 것들이 모여
우리의 인생을 만들어낸다

흩어진 파편들을 모아
마음속에 간직하며
우리의 이야기를 써 내려간다

기억의 파편들은
우리의 삶을 풍요롭게 만들어
더 큰 의미와 가치를 부여한다.

기억을 걷는 시간

과거의 속삭임과 현재가 만나는 곳
기억을 걷는 시간 속에 우리는 존재한다

화려한 추억의 향연 속에서
우리는 손을 잡고 추억을 더듬어 본다

웃음과 눈물로 엮인 이야기들
그 속에서 우리의 영혼은 춤을 추었다

황금빛 햇살이 비추는 오후
어린 시절의 웃음소리가 울려 퍼진다

돌멩이를 차고 지나가던 골목길
흐드러진 벚꽃 아래서 나누던 대화

푸른 잔디 위에서 뛰놀던 시절
그 때의 우리는 순수하고 밝았다

하지만 시간이 흐르면서
우리는 성장하고 변화해 갔다

어른이 되어가는 과정에서
우리는 더 많은 슬픔과 아픔을 겪었다

어두운 밤, 별들을 바라보며
우리는 희망을 찾아 헤맸다

인생의 굽이굽이마다, 우리는 함께 걸었다
서로의 손을 잡고, 서로를 지지해 주며

그리고 이제, 우리는 여기에 있다
기억을 걷는 시간 속에서

과거의 순간들이 우리의 마음을 가득 채우고
미래의 희망이 우리의 마음을 불태운다

우리는 기억을 걷는 시간 속에서
과거의 아름다움과 현재의 힘을 찾는다
그리고 그 속에서 우리는 영원히 함께할 것이다

꽃은 외로운 사람의 마음을 열어줄 거야

외로운 마음이 그림자를 드리우고
차가운 바람이 마음을 스치는 곳
그곳에 꽃 한 송이가 피어납니다

한 송이의 아름다움은 말을 건네며
꽃잎에 담긴 이야기를 전합니다
외로움에 지친 영혼을 어루만지며
마음을 열어주는 마법을 부립니다

꽃은 외로운 사람의 마음을 깨우고
잠시나마 평온을 선사합니다
향기로운 꽃잎은 위로를 전하며
따스한 햇살이 스며들게 합니다

꽃은 외로운 사람의 마음을 꽃피운다
아름다운 정원으로 초대한다
꽃의 언어가 마음을 어루만지며
외로움을 달래주는 힘을 발휘한다

한 송이의 꽃이 마음을 물들이고
꽃의 향기가 마음을 가득 채운다
꽃은 외로운 사람의 마음을 열어 줄 거야
외로움을 달래주는 비밀의 문을 열어줄 거야.

꽃향기 가득한 시간의 언덕

구름에 살포시 안긴 언덕 위에
향기로운 꽃들이 피어난다

봄바람에 흩날리는 꽃잎들은
시간의 흐름을 노래하며
마음을 설레게 한다

붉게 물든 꽃잎들이 속삭이듯
시간을 거슬러 올라가면
추억이 향기를 품고 피어난다

그 신비로운 꽃향기 가득한
시간의 언덕에서 우리는
마음을 나누고 기억을 쌓는다

꽃향기가 전하는 비밀스러운 속삭임에
마음은 꽃물결에 젖어가고
시간의 언덕은 꽃들로 가득 차오른다

그렇게 우리는 꽃향기에 취해
시간의 언덕을 거닐며
행복한 순간을 누린다

나에게 돌을 던지지 마라

돌을 던지는 자들은, 자신들의 마음속에
죄와 결점을 감추기 위해 돌을 던진다
돌을 던지는 자들은, 자신의 약점을
다른 이들에게 투영하며, 비난의 말을 내뱉는다

돌을 던지는 자들은, 자신의 어둠을
드러내지 않기 위해, 다른 이들을 비난한다
자신들의 공허함과 두려움을 감추기 위해
돌을 던지며, 다른 이들을 상처 입히려고 한다

그러니 나에게 돌을 던지지 마라
나는 당신과 마찬가지로, 결점을 가지고 있다
나의 결점은 당신을 비난하기 위한 것이 아니며
나의 약점은 당신을 미워하기 위한 것이 아니다

우리는 모두 불완전하고, 각자의 길을 걷고 있다
서로를 이해하고, 용서하는 마음을 가져야 한다
자신의 결점을 인정하고, 서로를 성장시키는
사랑과 이해의 세상을 만들어 나가야 한다

그러니 나에게 돌을 던지지 마라
나는 당신과 함께, 더 나은 세상을 만들고 싶다
서로를 존중하고, 받아들이는 마음을 가지고
함께 성장하며, 서로를 격려하는 세상을 만들어 가자

내게 다가온 사랑

사랑이 내게 다가왔네
소리 없이, 하지만 분명하게
마음에 스며들어, 따뜻하게

처음엔 가벼운 미소로
그 다음엔 부드러운 손길로
내 마음을 어루만지네

사랑은 조용한 속삭임으로
삶의 여정을 함께하며
우리를 하나로 묶어주네

사랑은 눈물에 젖어
상처받은 마음을 치유하며
희망의 빛을 비추네

사랑은 우리의 영혼을
깊은 곳에서부터 채워주며
영원한 집으로 인도하네

사랑이 내게 다가와
우리의 삶을 아름답게 꾸며주네
그 영원한 사랑에 감사하네.

내 마음 갈 곳을 잃어

내 마음 갈 곳을 잃어
끝없이 펼쳐진 바다처럼
파도에 휩쓸려 떠다니는 조각들
희망의 섬을 찾기 위해 헤매네

어둠이 내린 도시의 불빛
상처받은 꿈들이 사라져 가고
차가운 바람은 나의 귓가에 속삭여
"너는 어디로 가고 있니?"라고 묻네

기억의 숲 속에서 길을 잃고
사라진 발자국을 되새김질하며
나는 나 자신을 찾아 헤매고
가슴속의 외로움은 깊어만 가네

사랑은 멀리 떠나가고
맑은 하늘은 구름 속에 숨고
내 마음은 갈 곳을 잃어
방황하는 별처럼 떠도네

그러나 이 어둠 속에서도
한 줄기 빛이 나를 비추면

잃어버린 길을 다시 찾을 수 있을까
내 마음의 항로를 다시 설정할 수 있을까

내 마음 갈 곳을 잃어도
새로운 날이 오면 다시 일어설게
어둠을 뚫고 피어나는 꽃처럼
희망의 씨앗을 심어 나아가리라.

노을빛에 물든 마음의 노래

저녁놀이 노을빛으로 물들어 가듯
마음속에도 노을처럼 번져오는
아련한 그리움에 젖어든다

붉게 타오르는 하늘의 노래에
저녁놀처럼 흩날리는 마음은
따스한 눈물로 고요히 젖어든다

저 노을이 전하는 이야기들은
마음의 노래에 실려 퍼져가고
바스락대는 추억의 잎사귀가
저녁놀에 흔들리며 속삭인다

그렇게 노을은 지고 또 뜨지만
마음의 노래는 노을빛에 물들어
저녁놀처럼 붉게 타 오른다

늘 젖어 사는 노상 술 인생

술잔에 담긴 노을빛을 마시며
인생의 고뇌와 슬픔을 달랜다
노상 술 인생은 세상의 시름을 잊고
잠시나마 평온을 찾는다

취기 어린 눈동자로 세상을 바라보며
흐린 기억 속에서 소중한 순간을 찾는다
그러나 그 순간은 잠시일 뿐
인생의 흐름은 멈추지 않는다

늘 젖어 사는 노상 술 인생
고뇌와 외로움에 젖어든다
술잔에 담긴 술처럼 흘러가는 시간
인생의 여정에서 취한 채로 살아간다

하지만 그 취기 속에도 희망은 있다
깨어나는 순간, 새로운 아침을 맞이한다
노상 술 인생도 언젠가는 깨어나
새로운 시작을 향해 나아갈 것이다

늘 젖어 사는 술 인생
인생의 여정에서 취해있지만
깨어나는 순간, 새로운 희망이 찾아온다
인생의 여정에서 우리는 다시 일어선다.

능소화, 세월의 향기를 머금다

능소화가 피어오르는
그 순간
세월의 향기가 바람에 실려 오네

고귀한 자태로 늘어져
피어있는
그녀의 모습은 참으로 우아하네

황홀한 색채로 시선을 사로잡는
은은한 꽃향기에 취해 버렸네

그녀의 품에서 추억이 피어나고
세월의 흔적은 꽃잎에 새겨졌네

능소화, 세월의 흐름을 노래하며
우리의 마음을 두드리네

그녀의 아름다움은
영원히 흐르며
우리의 기억 속에 남아있네

능소화가 피어나는
계절이 오면
세월의 향기를 다시 한번 느껴보네

달빛 아래 일렁이는 추억

달빛 아래 일렁이는 추억
밤하늘에 그려진 우리의 이야기
부드러운 빛이 스며들어
마음을 따뜻하게 감싸준다

은은한 달빛이 비추는 곳
함께한 시간 들이 떠오른다
웃음과 눈물이 어우러진
추억의 조각들이 일렁인다

손을 잡고 걷는 길
웃음소리가 퍼져나가는
달빛 아래에서의 소중한 순간들
우리가 함께한 시간 들이 빛난다

하지만, 모든 것은 지나가고
추억은 달빛에 물들어
희미해지지만, 마음속 깊이 남아
영원한 그리움으로 남는다

달빛 아래 일렁이는 추억
빛나던 우리의 사랑 이야기
별빛이 되어 우리의 마음을 비추며
언제까지나 우리 곁에 머무른다

달빛에 젖은 고요한 속삭임

달빛에 물든 고요한 어둠 속에서
속삭이는 듯한 부드러운 소리가
마음을 어루만져 준다

달이 비추는 그림자 사이로
은은한 빛깔이 감싸고
고요한 속삭임이 퍼져간다

달빛에 젖은 마음은 별빛을 따라
저 멀리 펼쳐진 꿈을 향해
조용히 걸어간다

달의 따뜻한 품 안에서
마음은 평온을 찾고
고요한 속삭임에 귀 기울인다

달빛이 전하는 이야기들은
마음을 편안하게 감싸주고
작은 위로를 건네준다

달빛에 젖은 고요한 속삭임,
그 속에서 우리는 평화를 찾고
마음을 달래는 시간을 누린다

당신이 살아낸 그 순간들

당신이 살아낸 그 순간들
각각의 장면들은 이야기를 전한다

행복과 슬픔의 충돌
성공과 실패의 교차

당신의 삶은 다채로운 색깔로 물들어
매 순간을 소중히 간직한다

모든 웃음과 눈물
모든 미소와 눈물방울

당신의 순간들은
삶의 아름다움을 보여준다

당신이 살아낸 그 순간들
각각의 장면들은 당신의 이야기를 전한다

이 시를 통해 당신의 삶을 기리고
각각의 순간을 소중히 여긴다

돌담길의 속삭임

돌담길은 고요하게 놓여져 있어요
마을을 감싸며 역사를 간직하고 있죠
하나하나의 돌들이 서로 기대어
이야기를 속삭이는 듯해요

세월의 흐름을 견디며
마을 사람들의 이야기를 담아내요
사랑과 우정, 그리고 이야기가
돌담 사이로 스며들어요

가을의 햇살이 비추면
돌담은 따뜻한 빛을 발하며
마을 사람들의 마음을 안아줘요

돌담길은 단순한 길이 아니라
우리의 삶과 추억의 흔적이에요
그 사이로 우리는 걸어가며
소중한 순간들을 만들어내요

두 번 오는 하루는 없다

하루는 한 번만 찾아오고
그 순간은 다시 돌아오지 않는다
두 번 오는 하루는 없으니
매 순간을 소중히 여겨야 한다

아침 해가 떠오르면
새로운 기회의 문이 열린다
그 문을 열고 들어가
열정과 꿈을 펼쳐나가자

우리는 시간을 붙잡을 수 없고
흘러가는 강물을 멈출 수 없다
하지만 우리는 그 흐름을 타며
자신의 운명을 만들어갈 수 있다

두 번 오는 하루는 없으니
매 순간을 가치 있게 만들어가자
사랑하고, 웃고, 꿈꾸고, 성장하며
자신의 인생을 빛나게 만들어가자

그러니, 하루하루를 소중히 여기며
자신의 삶을 사랑하자
두 번 오는 하루는 없으니
모든 순간을 아름답게 만들어가자.

떠날 땐 미련 없이 보내야지

인연은 흘러가는 물결처럼
만날 땐 기뻐하며 반기고
떠날 땐 아쉬움에 눈물짓는다

그러나 보내야 할 때 보내지 못하면
미련으로 가슴에 남아
쓰라린 아픔만이 깊어지네

가을의 낙엽이 지듯
꽃이 피었다 지는 것처럼
만물은 때를 따라 변해간다

떠날 땐 미련 없이 보내야지
새로이 오는 인연을 맞이하려면
마음을 비우고 기다려야 한다

인연은 떠남도, 오고감도
모두가 자연의 섭리이니
아쉬워 말고 보내야지.

마음의 글, 시 한 조각

내 마음의 깊은 바닷속
조용히 떠오르는 작은 파도
사랑과 그리움의 흔적을 담아
시 한 조각을 써 내려가네

햇살이 비추는 따스한 날
그대의 미소가 내 마음을 감싸
작은 꽃잎처럼 부드럽게
사랑의 이야기를 풀어내리

어둠이 찾아와도 포기 않으리
내 마음속에 피어나는 불꽃
희망의 노래로 세상을 밝히고
영원히 잊지 못할 순간을 기록하리

때론 세상이 무겁게 느껴져
눈물로 가득 찬 밤이 지나가면
내 안의 작은 목소리로
다시 일어설 수 있는 용기를 찾는다

그리움의 조각들, 함께한 순간
추억의 향기가 나를 감싸 안고

내 마음의 편지에 적어내는
소중한 기억들이 여기에 남아

인생의 길은 결코 쉽지 않지만
사랑으로 엮인 인연들이 있어
서로의 마음을 이해하고
위로와 힘이 되어주리

이 작은 시가 누군가에게
위로가 되고 힘이 되길 바라
내 마음의 이야기를 담아
시 한 조각, 세상에 전하리

마음의 글, 시 한 조각으로
아름다운 순간들을 간직하고
내가 느끼는 모든 감정이

마음으로부터의 편지

당신에게 보내는 이 시를
열정의 꽃들로 가득 채워
마음속 깊은 곳에서 울려 퍼지는
사랑의 고백으로 전한다

부드러운 장미꽃잎에 새겨진
진심어린 말들
당신의 아름다움과 사랑스러움에 대한
감탄과 존경을 담아낸다

황홀한 튤립의 색깔로
우리의 사랑이 피어오르는
환희와 기쁨을 그려낸다

나의 마음이 당신에게 닿기를
이 시를 통해 전해지길
당신과 함께할 미래를
꿈꾸며 희망한다

이 연서는
나의 진심을 담은 선물
당신에게 전해지는
사랑의 노래이다

마지막 속삭임

마지막 숨결이 흩날리네
침묵 속에서 나는 속삭여
유서 한 장, 내 마음 담아
인생이란 캔버스에 그린 이야기

눈물은 흐르지 않네
내 삶의 끝자락에 서서
사랑은 영원히 남아
내 영혼의 품 안에서

꿈들은 바람 따라 흩어져
그러나 내 가슴에는 남아
유서 한 장에 담긴 소망
내게 주어진 시간의 조각

작별의 말은 짧지만
그 안에는 무한한 사랑이
이제는 떠나야 할 시간
하지만 내 마음은 영원히 남는다

내 삶의 이야기를 전하며
마지막 속삭임으로 전한다
유서 한 장에 담긴 사랑
내 영혼의 마지막 선물

막걸리를 기울이며, 웃음꽃이 피어나다

막걸리를 기울이며, 잔이 부딪치고
웃음꽃이 피어나며, 우리의 마음이 하나 되어
이 순간은 소중한 추억으로 새겨진다

막걸리는 우리에게 따뜻한 위로가 되어주고
삶의 무게를 덜어주며, 우리를 함께하게 한다
한 잔, 한 잔마다 우리는 서로를 느끼며
막걸리의 깊이를 따라 우리의 이야기는 흘러간다

함께 나누는 이 순간은 소중한 선물이며
우리의 우정을 더욱 깊게 만들어준다
막걸리와 함께, 우리는 서로를 위로하며
웃음과 함께, 우리의 마음은 하나가 된다

막걸리를 기울이며, 우리는 삶의 이야기를 나누고
행복과 위로가 어우러진 순간을 만들어간다
이 순간은 우리의 마음에 영원히 남아
막걸리와 함께, 우리의 우정은 더욱 강해진다

물레방아의 꿈

물레방아는 시냇가에 자리하며
그 옛날부터 돌아가고 있어요
물의 힘으로 돌아가는 모습에
나는 매료되어 버렸어요

소박한 모습과 함께
한없는 이야기를 품고 있는 듯해요
그 바퀴는 시간과 함께 울리며
우리의 추억을 떠올리게 해요

그 옛날의 향기와 함께
물레방아는 조용히 꿈을 꾸어요
그 꿈 속에서는
우리의 사랑과 희망이 피어나요

물레방아의 단순한 움직임은
우리에게 소중한 것을 상기시켜 줘요
그 바퀴가 돌아가는 동안
우리는 꿈을 꾸며 앞으로 나아가요

바람의 귀향

바람은 자유롭게 흐르며
산맥과 평원을 가로지른다

그 속삭임은 대지의 이야기를 전하고
바다의 숨결을 실어온다

바람은 무한한 여정 속
마침내 귀향을 향해 돌아온다

그것은 우리를 감싸며
따뜻한 위로로 가득차 있다

바람의 귀향은 우리를 안아주고
마음을 평화롭게 만들어준다

그것은 우리의 영혼을 깨우며
내면의 조화를 찾아준다

바람의 귀향은 우리의 귀에 속삭이며
자연의 조화로운 멜로디를 전한다

그것은 우리에게 평온과 안식을 가져다주며
우리는 그 부드러운 손길에 감사한다

바람의 귀향은 우리의 마음을 풍요롭게
만들어준다.

바람에 흩날리는 기억의 풍경

바람에 흩날리는
기억의 조각들이
마음을 스쳐가는 풍경이다.

저 멀리 사라진 시간의
흔적들이
바람에 실려 흘러간다

그 추억은 파도처럼
밀려와
마음을 출렁이게 하고
얼어붙은 기억을 깨워낸다

바람에 날리는 풍경 속에는
웃음소리, 눈물의 향기가
흩어져 흩어져 간다

그렇게 바람은 기억을 흩날리며
마음을 어루만져주고
새로운 기억을 새겨준다

바람에 흩날리는 기억의 풍경,
그 속에서 우리는 과거와 현재를
이어주는 시간을 맞이한다

버려진 꿈의 들판

한때 꿈을 키우던 넓은 들판
농부의 땀과 노력이 깃들었던 곳
아이들을 키우고 학교 보내며
사랑과 희망이 피어났던 소중한 땅이었다

그러나, 이제는 버려진 꿈의 들판
농부의 손길이 닿지 않는 곳
소출이 줄고 힘겨움이 커져
농부의 가슴은 아프게 찢어졌다

황량한 들판에 남은 것은
시들어가는 작물들과 잡초들
한때는 푸르렀던 밭고랑
이제는 공허함과 슬픔이 감돈다

농부의 눈물이 뿌려진 그 자리에
묵밭은 말할 수 없는 사연을 간직하고 있다
아이들을 키우고 혼사 시키던 꿈
그것은 들판에 남겨진 소중한 유산이다

버려진 꿈의 들판은
농부의 마음을 아프게 하지만

그곳에는 여전히 희망이 살아있다
새로운 시작을 기다리는 땅
다시 한번 꿈을 키워나갈 수 있는 곳이다

농부의 땀과 노력이 깃든 곳
버려진 꿈의 들판은 우리에게 전한다
인내와 강인한 의지로
새로운 희망을 키워나가자고

묵밭은 우리에게 말한다
꿈은 결코 사라지지 않는다고
새로운 시작을 기다리는 그 곳에서
우리의 희망은 다시 피어났으면 좋겠다만,

별들의 속삭임

어두운 밤하늘에 별들이
속삭이는 이야기
은은한 빛으로 세상을 물들이며

수많은 별들이 모여
노래를 부르네
비밀스러운 이야기를 나누며

멀리서 희미하게
들리는 목소리
저마다의 사연을 품고 속삭이는

은하수 위에 펼쳐진
빛의 선율
아름다운 시를 읊조리며

한 걸음씩 다가가는
밤하늘 여행
별들의 속삭임을 따라가며

고요하게 펼쳐진
우주 속에서

한 편의 시로 마음을 물들인다

반짝이는 별빛이 흩날리는
하늘 아래
밤의 아름다움을 노래하며

별들의 속삭임을
가슴에 새기며
우주의 이야기에 귀 기울인다

베틀의 노랫소리 (시간의 직조)

실타래가 춤추는
공간에서
베틀의 노랫소리가
시간을 직조한다

날실과 씨실이 만나며
이야기와 전통이 엮여진다

손길 하나하나가
정성스레
천 위에 펼쳐지는
역사의 기록

베틀의 소리가
울려 퍼지며
세대를 넘어
전해지는 유산

시간의 직조는 계속되고
베틀은 우리의 이야기를 엮어간다

그 안에서 우리는 과거와
현재를 만나며
미래를 향한 희망을 직조한다

베틀의 노랫소리는
계속해서 흐르며
우리의 정체성을 엮어나간다

시간의 직조는 계속되고
베틀은 우리의 이야기를 엮어간다

별들의 소원

저 하늘 높이 떠 있는 별들은
우주의 신비로움을 품고
소원을 전한다

은하수의 반짝이는 눈빛으로
우리에게 꿈과 희망을 선사한다

별들은 어둠을 밝히며, 우리의
길을 안내한다
그들의 빛나는 소원은 우리의
마음에 닿아 용기와 희망을
불어넣어 준다

차가운 우주의 공허함 속에서도
별들은 우리의 소원을 담아 비춰준다

밤하늘에 그려진 그들의 이야기 속에는
사랑과 믿음의 메시지가 담겨 있다

별들은 우리의 마음을 비추며
소중한 순간들을 영원히
기억하게 한다

그들의 반짝이는 소원은 우리의
영혼을 깨우며 삶의 여정을
더욱 풍요롭게 만들어 준다

별빛의 속삭임

밤하늘의 별들이 빛나는 순간
조용한 어둠 속에 숨겨진 이야기
하늘은 무수한 별들로 가득 차
그들 각각이 나에게 속삭이네

바람이 불어오는 그 길목에서
별빛이 내 마음을 감싸주며
잃어버린 꿈과 희망을 일깨워
어둠 속에서도 나를 빛나게 해

별들은 나의 외로움을 알고
가끔은 눈물로 젖은 마음을
부드럽게 어루만져 주며
희망의 씨앗을 심어주네

눈을 감고 귀 기울여 보세요
그 속삭임이 멀리, 가까이
영원의 약속처럼 이어져
서로의 마음을 잊지 않게 해

사랑하는 이와 나눈 그 순간
별빛 아래 손을 맞잡고 나눈

소중한 약속이 여기에 남아
별의 속삭임처럼 영원하리

어둠이 깊어도 두려워 말고
별빛을 따라 걸어가 보세요
그 빛은 언제나 그곳에 있으니
희망의 길을 비춰줄 테니

별빛의 속삭임, 그리운 노래
우리의 마음을 연결해 주네
어디에 있든, 언제나 함께
영원히 잊지 않을 그 순간을.

부족함 속의 행복 한 줌

부족함 속에 행복이 숨어있네
작은 것들에 감사하며 살아가네
풍요로운 풍경이 아닌 일상적인 순간들
마음을 나누는 대화와 함께한 시간들

작은 웃음소리, 따뜻한 포옹
작은 것들에 행복이 가득하네
부족함 속에서도 우리는 충분히
풍요롭게 살 수 있네
마음을 열고 작은 것들에 감사하며 살아가네

부족함 속에서 행복을 찾는 것은
마음의 풍요로움을 찾는 것이네
작은 것들에 집중하며 감사함을 느끼면
부족함은 더 이상 우리를 괴롭히지 않네

행복은 물질적인 풍요로움이 아니라
마음의 평화와 감사함 속에 있네
부족함 속의 행복 한 줌을 찾아
우리는 더욱 풍요롭고 행복한 삶을
살아갈 수 있네.

불어오는 바람 앞에 불꽃

불어오는 바람 앞에 불꽃
그 빛나는 순간의 춤사위
영원히 타오르지 못하는
인간의 사랑과 같은 불꽃

바람이 불면, 흔들리며 휘날리네
하지만 그 열정은 식지 않네
불꽃은 바람에 저항하며
자신의 존재를 강하게 드러내네

이 순간의 아름다움은
우리의 인생을 비추는 거울
바람과 불꽃의 만남처럼
인생도 그렇게 빛나고 있네

불꽃은 바람 앞에서 약하지만
그것은 강인함과 아름다움을 지니네
불어오는 바람과 함께 춤추며
인간의 삶을 비추는 시네.

불행의 터널, 어둠 속에서 빛을 찾아

불행의 터널, 그 어둠 속에서
우리는 길을 잃는다
고통과 슬픔이 가득한
이곳에서 우리는

힘든 시간을 보내며, 다시
일어서기 위해 노력한다
어둠 속에서 빛을 찾아
우리는 앞으로 나아간다

끝없는 어둠, 그 속에서
우리는 희망을 품는다
어려움에 맞서며,
우리는 강인한 마음을 키워간다

터널의 끝에서,
우리는 빛을 향해 나아간다
불행의 어둠을 뚫고,
우리는 더 큰 행복과 평화를 찾아간다

어둠 속에서 우리는 강해지고
더 나은 미래를 향해 나아간다
불행의 터널을 지나며, 우리는
더 큰 지혜와 용기를 얻는다.

빈둥지 증후군

한때 가득했던 둥지가
이제는 텅 비어
황량한 바람만이 맴돈다

작은 날개들이
자라나는 소리
사랑으로 가득한 웃음소리

이제는 고요히 남아
그리움에 젖어
빈 둥지만이 남아있네

그러나 기억하라
새들은 돌아올 것이다
둥지는 다시 채워질 것이다

인생의 순환 속에서
새로운 시작을 위해
빈 둥지는 새로운 노래를 부른다

사랑은 늘 멀리

사랑은 늘 멀리 도망가는 것 같아
잡으려 애써도 손아귀에 잡히지 않아
불꽃처럼 타오르지만 이내 사라져
잡힐 듯 잡히지 않는 미지의 존재

그 눈동자 속엔 무한한 우주가
나를 향한 그리움으로 가득 차 있는데
왜 이렇게 멀기만 한 걸까

아마도 사랑은 붙잡을 수 없기에
더욱 아름다운 것일지도 몰라
소중한 순간을 담은 기억으로
마음에 새겨놓을 수밖에

사랑은 늘 멀리 도망가지만
마음속에는 영원히 남아있어
그 그리움을 간직한 채로
나는 오늘도 사랑이 에게 손을 내밀어.

삶이란 어울림이다

삶은 어울림의 교향곡
다양한 음표들이 모여
화려한 선율을 연주한다

서로 다른 색깔과 감정
각자의 향기가 어우러져
숨 막히는 아름다움을 창조한다

때로는 조화롭게, 때로는 대비되며
삶의 어울림이 강렬한 리듬을 탄다

이 어울림 속에서 우리는 성장하고
서로의 존재를 느끼며
함께 나아가는 법을 배운다

삶이란 어울림은 우리의 여정
각자의 선율이 만나
하나의 이야기를 만들어낸다

이렇게 어우러진 우리는
더 큰 아름다움과 조화를 이루며
삶의 향기를 세상에 전한다

삶이란 어울림의 교향곡
그 안에서 우리는 하나가 된다.

삶의 여백

우리의 삶은 바쁘고 혼란스러울 때
여백의 공간에서 숨을 고른다
여백은 우리의 마음을 편안하게 하고
인생의 여정에서 잠시 멈춰 숨을 돌리게 한다

삶의 여백은 우리의 영혼에도 존재한다
그곳에서 우리는 내면의 평화를 찾는다
마음을 비우고 생각의 흐름을 따라가며
우리는 삶의 방향과 목적을 찾는다

삶의 여백은 우리의 창조성을 키워준다
새로운 아이디어와 영감이 솟아난다
여백은 우리의 상상력을 자유롭게 하고
세상의 아름다움과 가능성을 발견하게 한다

삶의 여백은 우리의 존재를 더욱 풍부하게 한다
그곳에서 우리는 삶의 진정한 의미를 찾는다
삶의 여백은 우리에게 휴식과 영감을 주며
인생의 여정에서 더욱 풍요로운 경험을 선사한다

삶의 여백이 있는 곳
우리는 마음의 평화를 찾고
인생의 여정을 더욱 의미 있게 나아갈 수 있다.

삶은 다 그런 거야

삶은 다 그런 거야
햇살이 비추는 아침
어둠을 뚫고 빛이 스며드는 순간
희망의 씨앗이 땅 속에서 움트는 것처럼

바람이 불어오면
때론 거센 폭풍이 되어
때론 부드러운 속삭임으로
우리는 그 속에서 흔들리며
또한 강해지는 법을 배워가

눈물은 소중한 기억
슬픔의 강을 건너
웃음꽃이 피어나는 곳
우리가 겪고 마주하는 모든 것
그 안에 진정한 아름다움이 숨쉬고 있어

사랑은 다 그런 거야
가슴 깊이 새겨진 설렘
때론 아프고, 때론 달콤한
서로의 마음을 이해하는 일
그 과정이 곧 삶의 의미가 되어

시간은 흐르고
계절은 바뀌며
우리는 그 안에서
작은 발자국을 남기고
흔적을 쌓아가는 존재

삶은 다 그런 거야
한 걸음 한 걸음
우리가 만들어가는 이야기
우리가 나누는 순간들이
영원히 기억될 수 있도록

어둠 속에서 별이 빛나듯
고난 속에서도 희망을 찾아
우리의 삶은 다 그런 거야
사랑하고, 배우고, 성장하는
끝없는 여행의 연속

이렇게, 우리는 서로의 손을 잡고
함께 걸어가는 길 위에서
삶의 진정한 의미를 찾으며
하나의 이야기를 엮어가고 있어.

삶은 향기로 돋아 나오고

삶은 향기로 돋아 나오고
희망의 씨앗이 뿌리를 내리네
한 송이 꽃처럼 피어나는 꿈
그 향기는 바람에 실려
우리의 마음을 감싸안아

어둠 속에서도 빛을 찾고
차가운 겨울을 견뎌낸 후
봄의 따스한 햇살을 만나
새로운 시작의 노래를 부르네
삶의 여정은 고난과 기쁨
모든 순간이 소중한 기억이 되어

가끔은 비바람에 흔들리지만
그 속에서도 향기를 잃지 않아
슬픔과 아픔이 지나간 자리에
더욱 깊고 강한 뿌리를 내리니
그 향기는 우리를 일으켜
다시 일어설 수 있는 힘이 되리

친구의 손길에 담긴 따스함
사랑의 눈빛에 스며드는 기쁨

이 모든 것이 삶의 향기가 되어
우리의 영혼을 채워주네
작은 일상 속에서 발견하는
행복의 조각들이 모여
세상을 물들여가는 거야

삶은 향기로 돋아 나오고
그 향기는 끝없이 퍼져가네
사랑과 이해로 가득한 세상
서로의 마음을 감싸안고
아름다운 조화를 이뤄가리
삶의 여정을 함께 걸으며
우리는 더욱 빛나는 꽃이 되리라

어느새 저 멀리 보이는 해
그 향기는 희망의 상징이 되어
우리의 길을 밝혀주리라
삶은 향기로 돋아 나고
우리는 그 속에서
영원히 함께하는 행복을 느끼리.

상고대의 환상

밤의 어둠을 가르며 피어난
서리의 결정이 빛나는 모습
그 아름다움에 숨이 멎을 듯한
환상적인 풍경이라 하네

상고대의 빛깔은 은빛으로 물들어
환상적인 빛을 발하네
그 모습은 마치 마법에 걸린 듯
우리의 마음을 사로잡네

서리꽃은 차가운 공기 속에서 피어나
따뜻한 온기를 전해주네
그 아름다움은 우리의 마음을 녹여
희망의 빛을 안겨주네

상고대의 환상
우리의 마음을 설레게 하네
그 아름다움은 우리에게 경외심을 안겨주고
자연의 신비로움을 느끼게 하네

우리는 상고대의 환상에 빠져들며
그 아름다움에 감사함을 느끼네
자연의 선물인 상고대는
우리의 마음에 영원한 감동을 남기네.

색채의 향연

색채의 향연이 펼쳐진 세상
눈을 뜨면 펼쳐지는
아름다운 세상

빨강, 주황, 노랑, 초록, 파랑, 보라
색채의 향연이 펼쳐지는 순간

해 질 녘 노을이 지평선을 물들이고
아침 해가 하늘을 불태운다

가을의 단풍이 산을 물들이고
봄의 꽃들이 대지를
수놓는다

색채의 향연이 펼쳐진 세상
자연의 아름다움이
우리를 감싸준다

색깔의 향연이 우리를 매료시키고
우리의 마음을 기쁘게 한다

색채의 향연이 우리를 위로하고
우리의 삶을 풍요롭게 한다

색채의 향연이 우리의 마음을 밝히고
우리의 삶을 아름다운 이야기로 가득 채운다

색채의 향연이 우리를 매혹시키고
세상을 더 아름답게 만들어준다

석양빛 노을

하루가 저물며
태양이 마지막 인사를 건네네
황홀한 주황빛이 하늘을 물들이네

노을이 지는 풍경 속에
따스한 추억이 떠오르네
황혼이 내리면서 마음을 감싸네

빨강과 주황의 붓질로
석양이 지평선에 그림을 그리네
마치 하늘에서 펼쳐지는 예술 작품처럼

하루가 저물어도
노을은 우리에게 희망을 주네
내일은 다시 새로운 시작이 찾아올 것을

석양빛 노을은
하루의 끝을 알리며
우리의 마음을 아름답게 만들어주네

쇠잔한 삶의 흔적들

쇠잔한 삶의 흔적들은
한 사람의 일생이 새겨진
고요한 이야기이다

그 흔적들은
시간의 흐름에 따라
새겨지고 사라지지만
가슴에 깊이 남아
영원한 기억으로 남는다

쇠잔한 삶의 흔적들은
우리가 지나온 길 위에
남겨진 발자취이다
그 발자취는 우리를 되돌아보게 하고
우리의 존재를 상기시킨다

쇠잔한 삶의 흔적들은
우리가 사랑하고
꿈꾸고 노력한 흔적이다
그 흔적들은 우리의 영혼에
영원한 불꽃을 지펴준다

쇠잔한 삶의 흔적들은
우리가 남긴 유산이 아니다
그 흔적들은 우리의 존재 자체가
세상에 남긴 선물이다
그리고 그 선물은
영원히 우리와 함께한다.

숲속 도시 봉화 연가

푸르른 숲 속에 감춰진 도시
봉화의 품에 안겨 숨 쉬네
고요한 나무들 사이로 스며드는 햇살
자연의 숨결이 나를 감싸안아

산과 계곡이 어우러진 풍경 속
바람은 나지막이 속삭이네
봉화의 정취, 그리움이 스며드는 곳
여기에서 나는 나를 찾고 싶어

봄이면 꽃들이 만발하고
여름엔 초록이 우거져
가을의 단풍은 불타오르고
겨울의 하얀 눈은 세상을 덮네

이곳의 사람들은 따뜻하고
서로의 이야기를 나누며 살아가
작은 마을에서 피어나는 우정
봉화의 정이 언제까지고 이어지길

숲속의 도시, 그 신비로운 매력
자연과 인간이 조화를 이루는 곳

모든 것이 느리게 흐르는 시간 속
나는 이곳에서 행복을 느낀다

봉화의 소리, 새들의 노래
바람에 실려 전해지는 사랑의 이야기
이곳에서 우리는 꿈을 꾸고
서로의 마음을 나누며 살아가네

숲속 도시 봉화, 나의 고향
당신의 품에서 나는 성장하리
언제까지나 이곳의 아름다움 잊지 않고
봉화의 연가를 마음 깊이 새기리.

시간의 흔적

시간은 흐르고, 그 속에서 우리는
무수한 순간들을 기록하네
햇살이 비추는 창가의 먼지
그 안에 담긴 기억의 조각들

어린 시절의 웃음소리
가슴에 새겨진 행복의 날들
첫사랑의 떨림, 그리움의 향기
모든 것이 시간의 흐름 속에 남아

계절이 바뀌고, 꽃이 피고 지고
우리의 삶도 그렇게 흘러가네
어제의 아픔도 오늘의 기쁨도
시간의 흔적 속에 녹아들어

추억의 그림자, 그리움의 빛
소중한 사람들과 나눈 대화들
일상 속의 작은 행복들이
시간과 함께 더욱 빛나리

지나간 날들이 우리를 만들고
앞으로 나아갈 길에 지혜를 주네
흔적이 남긴 상처와 치유

모든 것이 시간이 준 선물일지

언젠가 우리는 기억 속에서
서로의 모습을 다시 만날 테니
시간의 흐름 속, 사랑의 증거
그 모든 것이 우리를 연결하리

시간은 불가역적인 강물처럼
우리를 어디로 데려갈지 몰라
하지만 그 속에서 피어나는
희망의 꽃은 결코 시들지 않으리

시간의 흔적, 그 아름다움 속에
우리는 계속해서 살아가리
과거의 기억, 현재의 소중함
미래를 향한 우리의 여정은 계속되리.

시간의 꽃

시간의 꽃은 변함없이 피어나며
각각의 순간을 소중히 감싸안는다

젊음의 장미는 청춘의 시절과 함께
활기찬 아름다움으로 세상을 물들인다

성숙의 국화는
지혜와 안정감을 주며
풍부한 향기로 마음을 가득 채운다

인생의 벚꽃은 덧없는
아름다움을 지니고
순간순간의 소중함을 상기시킨다

시간의 꽃은 삶의 각 단계에서
피어나며
우리의 여정을 아름답게 수놓는다

우리는 이 꽃들과 함께
자라나며
순간을 소중히 여기고
감사함을 느낀다

시간의 꽃은 우리에게 삶의
교훈을 전해준다
변화와 성장을 받아들이며
우리의 여정을 이어간다

아름드리 솔밭길

아름드리 소나무들이
우거진 길
그 솔밭길은 고요하고 평화롭다

높게 솟은 소나무들이
하늘을 향해
강인한 모습으로 꿋꿋이 서있다

바람이 불어와 솔잎들이
흔들리면
솔향기가 은은하게 퍼져나간다

땅 위에 떨어진
솔잎들은
부드럽고 촉촉한 느낌을 준다

그 길을 걷는 이의 마음도
평화로워져
모든 근심 걱정이 사라진다

아름드리 솔밭길은
자연의 아름다움과

평온함을 전해주며, 마음을 힐링시켜준다

그 길을 걷는 동안
마음은 청명해지고
영혼은 맑아진다

아름드리 소나무들이 만들어낸
이 아름다운 솔밭길에서
우리는 자연과 하나 되는 느낌을 받는다.

아무렇지도 않은 듯 아무렇게

삶이 흐려지고, 그림자조차
희미해질 때
아무렇지도 않은 듯
아무렇게나 서있다

마음은 무거워지고,
어깨는 짓눌려도
의연한 얼굴로, 날씨는 흐리고
나는 선다

더 이상 웃지도 않고, 흘리는
눈물도 말라버렸지만
아무렇지도 않은 듯
아무렇게나 서 있다

내면은 폭풍처럼 휘몰아치고
영혼은 상처받고
하지만 겉으로는, 나는 그저
아무렇지도 않은 듯

외로움에 휩싸여도
마음은 공허해도
아무렇지도 않은 듯

아무렇게나 서 있다

이 세상에서는, 때로는
강해져야만 하고
아무렇지도 않은 듯 아무렇게나
서 있어야 한다

하지만 내 안에서는, 너무나도
많은 것을 감추고
아무렇지도 않은 듯, 아무렇게나
서 있더라도

나는 언제나 내 안의 감정을 찾아
소리 없이 외치고 있다

야생의 달래, 봄날의 아가씨

달래 캐는 아가씨, 봄날의 산속을 누비며
야생의 향기를 따라, 부드러운 땅을 헤집는다
그녀의 손길은 자연의 선물을 찾아내는 마법이며
달래는 그녀의 봄날을 풍성하게 만들어준다

아가씨는 달래를 캐며, 산속의 풍경을 감상하며
자연의 아름다움에 감탄하며, 평온한 순간을 찾는다
야생화들은 그녀의 주변을 둘러싸고, 봄의 향기를 풍긴다

달래는 그녀의 손에 의해 조심스럽게 모아지며
가을의 수확을 기대하며, 미래를 약속한다
아가씨는 달래를 캐며, 자연과의 조화를 느끼며
봄날의 산속을 누비는 동안, 소중한 순간을 경험한다

달래와 아가씨는 봄날의 아름다운 조화를 이루며
자연의 풍요로움과 함께, 삶의 풍요로움을 찾아간다

에움길에 서서

굽이굽이 돌아가는 에움길 위에
서서
나는 세상을 바라본다

세상은 넓고, 내 앞에는 수많은
길들이 펼쳐져 있지만
나는 이 길을 선택했고, 여기에 서 있다

에움길은 어려움을 의미하기도 하지만
한편으로는 성장과 배움의
길이기도 하다

세상이 나를 시험에 들게 할지라도
나는 이 길을 걸어가며 강인한
마음을 키워나갈 것이다

에움길에 서서, 나는 나의
여정을 돌아보고
앞으로 나아가야 할 방향을 고민한다

이 길은 나의 삶 그 자체이며
나는 이 길을 걸어가며
나 자신을 찾아가고, 나만의 이야기를

만들어갈 것이다

에움길에 서서, 나는 나의 길을 선택했다는
사실에 감사하며
앞으로 나아갈 힘을 얻는다.

연자방아의 속삭임

연자방아는 소박한 모습으로
밭 한가운데에 서 있어요
고대부터 전해져온 지혜로
곡식을 가루로 만들어주죠

돌 위에 곡식을 얹고
돌 밑으로 몸을 숙여
돌을 굴리며 힘을 쏟아요
조용한 속삭임 속에
곡식들은 풍요롭게 변해가요

세월이 흘러도 변함없이
연자방아는 그 자리를 지켜요
고요한 풍경 속에서
우리의 마음을 편안하게 만들어주죠

연자방아는 단순한 도구가 아니라
우리의 삶과 역사를 담고 있어요
그 속삭임에 귀 기울이며
우리는 자연과 조화롭게 살아가요

온다던 사람은 오지 않고

기다리는 마음만 커져만 가네
창밖에 내리는 비처럼
내 마음도 점차 젖어만 가

꽃망울 맺힌 봄날에
그대가 오기로 했지만
아직도 오지 않은 그대

바람에 흩날리는 꽃잎처럼
내 마음도 망설임에 흔들려

기다림의 끝에서
내가 그대를 기다리는지
그대가 나를 기다리는지

혼란스러운 이 마음 속에
그대가 찾아올 그날을
나는 또다시 기다리네.

옹이

옹이, 그 고요한 표정에
세월의 흔적이 새겨져 있네

거친 손길로 만져진 곳
고난과 시련이 스쳐 간 자리
그 곳엔 단단한 옹이가 박혀있네

옹이, 그 속에 담긴 이야기
나무의 인생이 담겨있네
바람에 흔들리고, 비에 젖으며
그렇게 살아남은 나날들

옹이, 그 굳은 의지에
나는 힘을 얻네
고난과 역경이 찾아와도
꺾이지 않는 나무처럼
나도 굳세게 살아가리라

옹이, 그 안에 담긴 지혜
인내와 강인함의 교훈이 있네
세상의 풍파에도 굴하지 않고
자신의 길을 가는 나무처럼
나도 그렇게 나아가리라

옹이, 그 속의 깊은 의미
나무의 삶을 통해 배우네
세월이 흘러도, 꺾이지 않는
나무의 굳건한 의지에
나도 그 의지를 닮으리라.

은은한 밤의 이야기

은은한 밤은 고요한 침묵 속에
이야기들을 감추고 있다
달빛이 잠든 세상을 비추며
그림자 속에서 속삭인다

달은 밝은 미소로 은은한
빛을 비추며
별들은 고요하게 반짝이며
우리의 상상력을 자극한다

어떤 이들은 꿈의 영역에서
속삭이는 이야기를 듣고
또 어떤 이들은 우주의 신비로운 힘을 느낀다

바람은 나무의 가지 사이로 노래하며
물결은 조용히 해안을 쓰다듬으며
이야기를 전한다

밤의 영역은 신비와 마법의
공간으로
우리의 영혼을 풀어놓는
시간이다

은은한 밤의 이야기는 우리의
상상력과 함께 펼쳐진다
그 이야기들은 우리의 마음을 깨우치고,
우리의 내면을 탐구한다

저녁 별들이 잠들면, 우리는
다시 돌아온다
하지만 밤의 이야기는 우리의 마음과
꿈 속에 영원히 남아있다

별 열차, 그 속에서의 작별

달리는 열차 창밖으로
추억이 흐르네
이별의 그림자, 음표로
새겨진 노래

들려오는 이별의 소리
가슴에 울려 퍼져
네가 남긴 향기, 그 속에
묻은 이야기

한 장의 사진처럼, 순간이
멈춰버린 곳
그곳에서 우리는, 서로의
그림자를 쫓았네

달려가는 열차, 그 속에
남은 시간
그 짧은 순간에, 우리의
사랑이 피어났네

이별의 열차에 올라타며
눈물이 흐르네

하지만 기억해줘, 우리가 함께한
그 순간을

이별 열차, 그 속에서의
작별은
새로운 시작을 위한
사랑의 선율

네가 남긴 추억
그 속에서 빛나네
이별의 열차, 그 속에서 우리는
영원히 함께할 거야

이별을 남긴 슬픔에

심장에 꽂힌 이별의 화살
눈물이 뚝뚝 떨어지는 아픔이여
한때는 함께였지만, 이제는
슬픔이 내 마음을 감싸고 있다

너의 웃음은 내 가슴에 남아있고
너의 목소리는 내 귀에 맴돌고 있다
함께한 순간들은 소중한 기억으로
이별의 슬픔에 빠져든다

너와의 추억은 내 마음을 아프게 하고
너의 모습은 내 앞에 떠오른다
이별의 고통은 내 영혼을 할퀴고
사랑의 아픔은 내 마음을 얼어붙게 한다

이별은 나를 외로움에 빠뜨리고
슬픔은 나의 눈을 가득 채운다
하지만 나는 너를 기억하며
이별에 맞서 싸울 힘을 얻는다

시간이 흘러도 너를 잊지 않을 거야
이별의 슬픔을 이겨낼 거야

이별이 남긴 아픔을 딛고
나는 앞으로 나아갈 것이다

눈물이 흐르더라도, 나는 강해질 거야
슬픔을 딛고 일어나, 다시 사랑할 거야
이별을 남긴 슬픔에 빠져들지 않고
나는 앞으로 나아갈 것이다.

이승에서의 삶이 어땠냐고 묻거든

이승에서의 삶이 어땠냐고 묻거든
나는 미소 지으며 대답할 거야
기쁨과 슬픔이 얽힌 그 날들
사랑과 이별이 함께한 기억 들을

푸른 하늘 아래, 꿈을 꿨던 날들
햇살 속에 피어오른 희망의 꽃
친구들과 나눈 웃음소리
그 속에서 나는 나를 찾았지

때로는 외롭고 힘든 길이었지만
비바람 속에서도 꿋꿋이 걸어
희망의 별을 바라보며
내 안의 불꽃을 잃지 않았어

사랑은 나를 감싸 안아주었고
가끔은 아프게도 했던 기억
그 모든 순간들이 나를 키워주었지
이승의 삶은 나에게 소중한 교훈이었어

상처를 안고도 웃을 수 있었고
눈물 속에서 다시 일어설 힘을 찾았어
내가 겪은 모든 일들이

나를 더욱 강하게 만들어 주었지

이승의 삶은 때론 고단했지만
그 속에서 피어난 작은 행복들
사랑하는 사람들과의 따뜻한 순간들
그 모든 것이 나를 완성하게 했어

이제는 그리움과 감사로 가득해
내가 살아온 이 길이 자랑스러워
이승에서의 삶이 어땠냐고 묻는다면
나는 이렇게 대답할 거야

"아름다움과 슬픔이 얽힌 여행이었고,
사랑과 우정, 그리고 성장의 이야기,
이 모든 것이 나를 만들어 준
소중한 시간이었다고."

이제는 나를 위해 살자

이제는 나를 위해 살자
인생의 황금빛 노을이 질 때
낡은 시간의 무게를 내려놓고
새로운 꿈을 향해 발을 내딛자

세월의 흐름 속에 묻어둔 꿈들
이제는 다시 꺼내어 빛나게 하자
젊은 날의 열정과 도전정신으로
새로운 인생의 장을 펼쳐보자

나를 위한 시간, 나를 위한 공간
이제는 내가 주인공이 되는 삶이다
누구의 기대도, 누구의 시선도 없이
오직 나만을 위한 길을 걸어가자

흘러간 시간의 아쉬움에 머무르지 말고
남은 시간의 가치를 찾아 나서자
내가 사랑했던 일, 내가 원했던 일들
이제는 그 모든 것을 이루기 위해

황금빛 노을이 지는 저녁노을
나를 위한 축배를 들자

인생의 후반전, 새로운 시작이다
이제는 나를 위해 살자

노년의 지혜와 경험의 깊이로
새로운 도전을 향해 나아가자
젊은 날의 패기와 열정으로
새로운 꿈을 향해 날개를 펴자

이제는 나를 위해 살자
세상의 소음에 귀 기울이지 말고
내 마음속의 목소리에 귀를 기울이자
나를 위한 시간, 나를 위한 삶이다

흘러가는 시간의 강물 위에서
나를 위한 배에 올라타자
새로운 항해를 떠나자
이제는 나를 위해 살자.

인생의 도화지를 멋지게 채워가자

인생의 도화지
그 허허한 바탕에 무엇을 그릴까,
어떤 색으로 물들일까

희망이라는
붓질로 그리자
꿈이란 물감으로
색을 입히자

용기와 사랑이란
색을 섞어
도화지를 멋지게 다채롭게 채워가자

인생의 도화지,
그 여백을 두려워 마라
우리가 그려갈 이야기들로 채워가자

그렇게 한 걸음씩
나아가며
멋진 인생의 도화지를 완성시켜가자

인생의 빈 잔에 채워질 아름다운 인연

인생의 빈 잔은
고요하게 비어있지만
아름다운 인연으로 가득 차길 기다린다

우연히 마주한 눈빛이
교차하며
마음을 울리는 인연의 시작이다

웃음과 눈물이 어우러진
순간들이
빈 잔에 차곡차곡 쌓여간다

따뜻한 말 한마디
진솔한 이야기
인생의 빈 잔은 점점 풍요로워진다

사랑과 우정의 향기가
퍼져나가며
빈 잔은 다채로운 색상으로 물들어간다

함께한 시간들이 쌓여가며
인생의 빈 잔은 소중한 인연으로

가득 차 오른다

그렇게 인생은 아름다운 인연들로
가득 차며
우리의 여정은 더욱 풍요롭고 의미 깊어진다

이 빈 잔에 채워지는
인연들은
우리의 삶을 더욱 빛나게 만들어준다.

인생 2막, 새로운 여정의 시작

인생의 2막이 시작되네
새로운 페이지가 펼쳐지네
지난 시절의 지혜와 경험으로
이제는 새로운 이야기를 써내려 가네

젊은 날의 열정과 꿈을 넘어서
인생의 깊은 맛과 향기를 느끼네
다양한 경험과 교훈을 쌓아
강인한 정신으로 새로운 여정을 떠나네

인생의 2막은 도전의 시간이네
자신의 한계를 넘어서며
새로운 목표를 향해 나아가네
자신의 열정과 꿈을 다시 발견하네

인생의 2막은 사랑과 우정의 시간이네
주변 사람들과의 소중한 인연을 느끼며
함께 웃고, 함께 울며
인생의 아름다운 순간을 공유하네

인생의 2막은 지혜와 통찰력의 시간이네
과거의 실수를 돌아보며

더 나은 선택을 할 수 있네
자신의 경험과 지혜를 나누며
다른 이들에게 영감을 주네

인생의 2막을 살아가며
자신의 진정한 가치와 의미를 발견하네
자신의 열정과 꿈을 실현하며
세상에 더 큰 영향을 끼치네

인생의 2막은 끝없는 여정이네
자신의 잠재력을 발휘하며,
자신의 삶을 더욱 풍요롭게 만드네
이제는 더 이상 두려워하지 않으며
자신의 꿈을 향해 나아가네.

인생은 구름이고 바람인 것을

인생은 구름이고 바람인 것을
흘러가는 시간 속에서 춤추는 존재
변덕스러운 하늘의 손짓에 따라
우리 인생도 변화무쌍하게 흐른다

구름은 하늘에 그려진 그림처럼
변화하고 사라지는 우리의 모습
덧없는 순간들 속에서 우리는
자유로운 바람처럼 흘러간다

바람은 우리의 영혼을 실어 나르며
세상의 모든 곳에 닿아 퍼져가듯
우리 인생도 무한한 가능성을 안고
자유롭게 흘러가는 바람인 것을

구름과 바람처럼 우리는
변덕스러운 운명의 손길에 따라
때로는 밝게 빛나고, 때로는 흐려지며
무한한 가능성을 품고 흘러간다

구름과 바람이 만나는 교차로에서
우리의 인생도 만나고 헤어지며
변덕스러운 운명의 손길에 따라
우리는 구름이고 바람인 것을.

인생은 원래 그런 것

인생은 여행, 때로는 힘들고
때로는 행복하고, 때로는 슬프고
하지만 그것이 인생이야,
그것이 현실이야

인생은 도전, 때로는 두렵고
때로는 흥분되고, 때로는 지루하고
하지만 그것이 인생이야, 그것이 삶이야

인생은 선물, 때로는 감사하고
때로는 당연하게 여기고,
때로는 낭비하고
하지만 그것이 인생이야,
그것이 우리의 삶이야

인생은 미스터리, 때로는 알 수 없고
때로는 이해할 수 없고, 때로는 혼란스럽고
하지만 그것이 인생이야, 그것이 우리의 운명이야

그러니 우리는 인생을 즐기며
감사하며, 사랑하며, 살아가야 해
인생은 원래 그런 것이니까,
그것이 우리의 인생이니까.

인생의 아름다운 모자이크

인생은 아름다운
모자이크
다양한 조각들이 모여
하나의 작품을 이룬다

각각의 조각은 우리의
경험과 감정
그리고 우리가 만나는
사람들과의 이야기이다

어떤 조각은 빛나고
어떤 조각은 어둡지만
그 모든 조각들이 모여
우리의 삶을 이룬다

인생의 아름다운
모자이크는
우리가 힘들고 어려운
시기를 겪을 때도

그 조각들이 모여 우리의
강인함과 용기를 보여주며

우리가 성장하고 발전할 수 있는
기회를 제공한다

그러니 우리는
우리의 인생을
아름다운 모자이크로 만들어 나가자

그리고 우리의
조각들이 모여
세상에 단 하나뿐인 작품을 만들어 나가자.

잃어버린 그대

그대는 나의 마음속에 살아 숨 쉬고
그대의 모습은 내 안에 영원히 남아
하지만 그대는 더 이상 내 곁에 없어
그대가 떠난 자리는 텅 비어있어

그대를 그리워하며 나는 울고
그대를 찾아 헤매지만
그대는 어디에도 없어
그대의 향기, 그대의 목소리, 그대의 미소
그 모든 것이 그리워

그대는 나의 인생에서 가장 소중한 존재
그대를 잃은 나는 이제 무엇을 해야 할까
그대를 다시 만날 수 있을까, 그대와
함께할 수 있을까
그대를 그리워하며 나는 살아가

그대는 나의 마음속에 살아 숨쉬고
그대의 모습은 내 안에 영원히 남아
하지만 그대는 더 이상 내 곁에 없어
그대가 떠난 자리는 텅 비어있어.

자연의 희망 노래

자연의 품 안에서 울려 퍼지는
희망의 노래가 우리를
감싸네

새들의 지저귐과 바람의 속삭임
생명의 기운이 가득
차오르네

꽃들의 향기와 나뭇잎의 춤
자연의 아름다움이 마음을
달래주네

푸른 하늘과 맑은 물의 빛깔
희망의 색채가 세상을
물들이네

자연의 품에서 우리는 희망을 찾네
상처받은 영혼을
치유하며

힘든 시기에도 자연은 우리에게
회복과 재생의 힘을

선물해 주네

자연의 품에서 우리는 다시 일어설 힘을 얻네
새로운 시작을 위한 희망의
노래를 부르네

자연의 희망 노래는 우리를 위로하며
인생의 길을 밝히는
등불이 되네

자연은 우리에게 희망을 노래하며
우리의 삶을 더욱 풍요롭게
만들어 주네

저 태양의 조화로움을 아느뇨

저 태양은 하늘 높이 떠서 빛나고
그 광채는 모든 것을 감싸안는다

그의 따뜻한 빛은 대지를 데우고
생명을 키우며 꽃을 피워낸다

태양은 조용히 회전하며
날과 달을
만들어 낸다

그의 시간의 흐름은 정확하고
자연의 균형을
유지하게 하고

태양은 조용한 힘으로 존재하며
그의 조화로움은 모든 것을
감싸안네

저 태양의 조화로움을 아느뇨
그의 빛나는 존재는 우리에게 힘을 주고
우리의 삶을 풍요롭게 만들어주네.

줄 장미의 서사시

줄 장미 넝쿨이 우아하게 늘어져
벽을 따라 오르며
화려한 꽃을 피워낸다

장미꽃이 엮어내는 핑크빛 담요
마치 꿈을 꾸는 듯한 아름다움으로
우리의 시선을 사로잡는다

햇살이 비추면
꽃잎에서 빛이 뿜어져 나와
마치 화려한 불꽃처럼
우리를 황홀하게 만든다

줄 장미는 자연의 아름다움을 노래하며
정원의 풍경을 꾸며준다
그 우아함과 아름다움으로
우리의 마음을 사로잡는다

질그릇 속에 담긴 지혜

질그릇은 연약한 흙으로 만들어져
손에 잡히면 부서질 듯이 약해 보여
하지만 그 안에는 지혜가 담겨 있다

그릇은 담을 수 있는 것만 담아주네
보이지 않는 지혜를 담을 수 있어
작은 질그릇 속에 큰 사랑과 빛이 담겨 있어

진실과 믿음, 희망과 용기
그릇은 이런 가치들을 품어주네
가장 약한 자가 가장 강한 것을 담을 수 있어

질그릇은 세상의 연약함을 보여주지만
그 안에는 무한한 지혜가 숨겨져 있어
우리의 삶도 질그릇처럼 연약하지만
안에는 무한한 가능성을 담고 있어

그릇이 부서져도 지혜는 남아있어
우리의 삶이 끝날지라도
질그릇 속에 담긴 지혜는 영원히 빛날 것.

영원의 속삭임

영원은 바람처럼 속삭인다
속삭임은 우리의 마음을 감싸준다

세상이 변해도 영원은 변치 않는다
그 속삭임은 우리의 영혼을 위로한다

시간은 흘러도 영원은 영원하다
영원의 속삭임은 우리의
마음을 울린다

영원의 속삭임은 우리의
삶을 채워준다
그리고 우리를 희망으로
이끌어준다

영원의 속삭임은 우리의 꿈을 키워준다
그리고 우리를 믿음으로 이끌어준다

그러니 우리는 영원의 속삭임을 들어야 한다
그리고 영원의 속삭임에
귀 기울여야 한다

영원의 속삭임은 우리의
삶을 밝혀준다
그리고 우리를 영원으로
이끌어준다.

자연의 숨결, 대지의 생명력

푸른 바람이 속삭이는 대지 위에
자연의 숨결이 살아 숨 쉬고 있다

여기서는 모든 것이 조화롭게 어우러져
생명의 향기가 피어나고 있다

햇살이 물든 나무들은 우아하게 춤을 추며
바람에 흩날리는 잎사귀들은
속삭임을 나눈다

푸른 풀밭이 펼쳐진 대지는 부드럽고 따뜻하게
우리를 품에 안고 안아준다

대지의 생명력은 강물과 함께 흐르며
시원한 소리로 우리를 달래준다

꽃들의 향기가 퍼지는 들판에서는
행복한 나비가 춤을 추고 있다

이 모든 것은 자연의 숨결이 만들어낸
대지의 생명력의 일부이다

그녀는 우리에게 평화와 안정을 선물해주며
우리의 마음을 정화시켜준다

자연의 아름다움과 생명력에 감사하며
우리는 그녀의 품 안에서 살아가고 있다

이 숨결이 영원히 우리와 함께하길
대지의 생명력이 우리를 지탱해주길 바라며

첫 키스의 기억

첫 키스의 순간은
시간의 흐름이 멈춘 듯
순간의 마법이 펼쳐진다

두 개의 심장이 하나로 뛰며
떨리는 손길과 숨결이
어우러진다

마음은 사랑과 설렘으로 가득 차고
세상은 그 순간을 기억한다

따뜻한 입술의 만남이
마음속에 깊은 흔적을 남기며
영원한 첫 키스의 기억으로 남는다

그 순간은 우리의 삶에 한 획을 긋고
마음을 채워주는 소중한 선물이 된다

첫 키스의 기억은 우리를 감싸며
영원히 간직될 소중한 추억으로 남는다.

초동(풀 벌레들의 노래 소리), 그 마음의 여정

풀 벌레들의 노래 소리 그 속에 담긴 비밀
초동의 속삭임에, 마음은
여행을 떠나네

아직 어둠이 걷히지 않은 새벽녘
풀잎마다 맺힌 이슬
그 속에 담긴 꿈

바람이 부는 소리 그 소리에 귀 기울여
초목의 속삭임, 그 속에서
길을 찾아

새들의 노래, 그 목소리에 살며시 웃어
자연의 향연에, 내 마음이
녹아드네

풀 벌레들의 합창, 그 속에 담긴 이야기
초동의 여정에서, 우리는
더 가까워 지네

자연의 순수함에, 마음의 위안을 얻고
풀 벌레들의 노래에, 내 영혼이
깨어나네

초동의 여정은, 마음의 여행을 선사하네
자연의 아름다움에, 우리는
하나가 되네

풀 벌레들의 노래 소리 그 속에서 마음을 찾아
초동의 여정에서, 우리는 더 큰
세상을 만나네.

추억의 굴뚝

옛날의 농촌 풍경 속에서
굴뚝은 추억의 증인이었다
삶의 향기를 실어 나르며
따뜻한 이야기들을 들려주었다

그 굴뚝은
가을의 나뭇잎을 태우고
겨울의 쌀쌀함을 달래주었다
가족들이 모이는 중심지로서
세대를 이어온 이야기들을 담아내었다.

이제는 그 굴뚝이 사라졌지만
추억은 여전히 남아있다
마음속에 따뜻한 추억으로
영원히 살아 숨 쉬고 있다

추억의 굴뚝
그곳에서 우리는
따뜻함과 위로
그리고 사랑을 발견하였다

추억의 폐교

한때 아이들의 웃음소리가 울려 퍼지던 곳
농촌의 폐교는 이제 고요함이 감돈다
낡은 교실 안에서 그들의 꿈이 피어났고
젊은 열정이 가득한 추억의 공간이었다

이제는 잡초가 무성한 운동장
낡은 책상과 의자 위에 과거의 흔적이 남아있다
아이들의 손길이 닿았던 나무들
그들은 여전히 그 자리에서 추억을 담고 있다

동심의 세계가 펼쳐지던 교실
선생님의 지혜로운 가르침이 울려 퍼지던 곳
아이들의 웃음소리와 소박한 꿈들이
그곳의 벽에 고스란히 새겨져 있다

그러나, 이제 폐교는 조용히 잠들어있다
농촌의 변화와 함께, 아이들은 도시로 떠났다
황량한 풍경 속에 남아있는 추억
그곳은 우리에게 소중한 기억을 전한다

추억의 폐교는 우리에게 말한다
아이들의 꿈과 희망이 존재했던 곳
농촌의 작은 학교에서 피어났던 열정
그들은 우리의 마음속에 영원히 살아있다.

침묵의 속삭임

침묵의 속삭임이 흐르는 고요한 시간
마음속에 울려 퍼지는
미묘한 소리

말하지 않아도 전해지는 무언의 말
침묵이 속삭이는
이야기들

부드러운 바람이 속삭이는 비밀
자연이 전하는
깊은 속삭임

한 줄기 비의 소리가 전하는 위로
고요한 침묵에
묻어나는 감동

침묵은 말을 하지 않아도
마음을 전하는
신비로운 언어

때로는 더 많은 것을 말해주는
침묵의 속삭임은 우리의 인생의

깊은 곳에 스며든다

마음을 울리는 침묵의 노래
침묵의 속삭임은 우리의
영혼을 깨운다

침묵이 전하는 이야기들
그 속에서 우리는
평화를 찾는다

침묵의 속삭임은 우리를 위로하고
우리의 마음을 더욱
풍요롭게 한다

프리지아 꽃 이야기

우아한 프리지아 꽃이
황홀한 향기를 바람에 흩날리며
마치 춤추는 듯한 모습으로 피어난다

순수한 미소와 함께
자신의 아름다움을 드러내며
자연의 조화로움을 전한다

부드러운 색상과 향기로
우리의 마음을 감싸며
희망과 사랑의 메시지를 전한다

프리지아 꽃은
기도하는 마음처럼 높이 솟아오르며
우리의 기억 속에 영원히 남는다

그 아름다움과 향기로
우리의 세상을 더욱 풍요롭게
만들어준다

화려한 계절의 사랑 이야기

봄의 화사함으로 피어난
우리들의 사랑은
화려한 꽃잎처럼 아름다웠네

여름의 뜨거움 속에
함께한 시간들은
따뜻한 햇살처럼 포근했지

가을의 단풍처럼 물든
우리의 사랑은
감동적인 색채로 물들었어

겨울의 차가움 속에서도
우리들의 사랑은
순수한 눈으로 반짝였지

계절이 바뀌어도
변하지 않는 우리의 사랑
영원히 화려한 이야기로 남을 거야.

후회 없는 내일을 위하여

오늘을 살아가라, 후회 없이
과거에 얽매이지 말고, 현재에 집중하여
미래를 향해 나아가라,
당당히

인생을 아름다운 시처럼 살아가라
희망과 꿈을 품고, 용기를 내어
세상을 향한 발걸음을 힘차게 내디뎌라

후회 없는 내일을 위하여
지금을 소중히 여기고, 최선을 다하여
자신의 꿈을 향해 달려가라

후회 없는 내일을 위하여
항상 긍정적으로 생각하고, 감사하는 마음을 가지며
세상을 더욱 아름답게 만들어가라

후회 없는 내일을 위하여
인생을 최고의 시처럼 살아가라
자신의 길을 찾아, 당당하게 나아가라

흩어지는 기억의 조각들

흩어지는 기억의 조각들, 바람에 흩날리며
소리 없이 속삭이는 그 순간들
그 빛나는 순간들은 덧없이 사라져
우리의 마음속에 남아있네

은은한 향기와 함께 떠오르는
그 미소는 이제 희미해져 가네
손에 잡히지 않는, 붙잡을 수 없는
기억의 조각들은 바람에 흩어져

하지만 그 순간들은 영원히 살아있네
우리의 마음속에서 빛나고 있네
흩어지는 기억의 조각들, 그 아름다움은
우리의 삶 속에서 영원히 살아있네

그 조각들을 모아 한 장의 그림으로
우리의 이야기, 추억의 조각들
흩어지는 기억의 조각들, 그 아름다움은
우리의 마음속에서 영원히 살아있네

희미한 그 날밤

희미한 그 날밤, 어둠이
세상을 감싸네
빛나는 달빛이 창문을 통해
스며들어 오네

별들은 속삭이며, 침묵의
이야기를 나누네
그들의 빛은 우리의 마음을
따뜻하게 해주네

꿈들이 희미한 달빛 속에서
춤을 추네
그들은 우리의 마음속에
남아있는 기억을 그려 내네

집으로 향하는 길은 멀게
느껴지지만
희미한 그 날밤은 우리를
집으로 안내해 주네

추억은 희미한 달빛
속에서 살아 있네
그 날밤의 속삭임은 우리의
영혼을 위로해 주네.

초동, 그 마음의 여정

초판 발행 2025년 3월 10일
지은이 이문학
펴낸이 김복환
펴낸곳 도서출판 지식나무
등록번호 제301-2014-078호
주소 서울시 중구 수표로12길 24
전화 02-2264-2305(010-6732-6006)
팩스 02-2267-2833
이메일 booksesang@hanmail.net

ISBN 979-11-87170-89-1
값 10,000원

이 책의 저작권은 저자에게 있습니다.
저자와 출판사의 허락 없이 내용의 일부를 인용하거나 발췌하는 것을 금합니다.